Für euch, liebe Leserinnen und Leser, wenn
die Tage und das Leben sich so unergründlich,
verwirrend, ja beängstigend anfühlen –
vergesst nicht die Hoffnung.
JEP

Für den Vater der Katze – für Peter.
ND

Die Originalausgabe dieses Bilderbuches erscheint gleichzeitig 2020
unter dem Titel *I Found Hope In A Cherry Tree* bei Groundwood Books,
House of Anansi Press in Toronto / Kanada und Berkeley / USA
www.groundwoodbooks.com

ISBN 978-3-7725-2917-7

1. Auflage 2020

Verlag Freies Geistesleben
Landhausstraße 82, 70190 Stuttgart
www.geistesleben.com

Design: Michael Solomon
Druck: GCC Grafisches Centrum Cuno, Calbe
Printed and bound in Germany.

Die Illustrationen sind in Mischtechnik traditionell und digital entstanden.

Die deutsche Ausgabe wurde freundlicherweise gefördert durch den
Canada Council for the Arts, Ottawa.

Canada Council for the Arts
Conseil des arts du Canada

In einem Kirschbaum fand ich Hoffnung

Von Jean E. Pendziwol
Mit Illustrationen von Nathalie Dion

Aus dem Englischen von Richard Rosenstein

VERLAG FREIES GEISTESLEBEN

Ich kann die Sonne
in meinem Schatten sehen –
die Arme und die Beine
so riesig lang gezogen
am frühen Morgen.

Wir spielen,
mein Schatten und ich –
erst der eine,
dann jagt die andere
ihm nach,
immer abwechselnd.

Manchmal
schrumpft
mein Schatten
so sehr
zu einem Schelm
von einem Äffchen
und manchmal ...

verschwindet er.

Ich habe erfahren,
dass er nie länger
verschwunden
bleibt –

manchmal wenige Minuten,

manchmal wenige Stunden,

manchmal wenige Tage,

aber er kehrt immer wieder zurück.

Ich höre den Wind Geschichten erzählen,

den Bäumen
zuflüstern,
dass sie lachen
und seufzen.

Auch die Geschichten
tanzen,
verwehen
über dem See,
steigen ans Ufer,
legen sich säuselnd
in den Sand.

Wenn die Geschichten
heulen,
wie Wölfe
im Winter
sich unter meiner Bettdecke
einnisten,
an meinen Zehen nagen,
erinnere ich mich,
wie eine Geschichte
zu erzählen
die beste Art ist,
die Wölfe zu zähmen.

Also erzähle ich.

Ich schmecke die Wolken
in den Schneeflocken,
wie sie schweben und fallen,
dick und weich
auf meiner Zunge dahinschmelzen
wie süße Träume.

Ich fange sie ein,
jede einzelne
auf meine Handschuhe

jede einzige
vollendet schön,
besonders.

Manchmal wirbeln
die Schneeflocken
durcheinander,
stechen sie mir
ins Gesicht,
nadeln meine Nase.

Doch schmecken sie
immer noch
nach Wolken.

In einem Kirschbaum
fand ich Hoffnung,
die winzigen Knospen

des Herbstes
zitternd auf den kahlen Ästen

wissend, dass auch
Schatten verschwinden
und Geschichten wie Wölfe
heulen und Schneeflocken
so eisig pieksen können
und dass kein Baum
im Voraus wissen kann,
ob die Knospen einmal
blühen werden.

Aber dies
weiß der Kirschbaum:
Es ist die Hoffnung
des Herbstes,
die im Frühling
die Blumen bringt.